El mapa de los instantes perfectos

GRANTRAVESÍA

LEV GROSSMAN

El mapa de los instantes perfectos

Traducción de Laura Lecuona

GRANTRAVESÍA

EL MAPA DE LOS INSTANTES PERFECTOS

Título original: *The Map of Tiny Perfect Things*

© 2017, Cozy Horse Limited
Nota del autor © 2021, Cozy Horse Limited

Arte de portada: Amazon Content Services LLC

Traducción: Laura Lecuona

D.R. © 2021, Editorial Océano de México, S.A. de C.V.
Guillermo Barroso 17-5, Col. Industrial Las Armas
Tlalnepantla de Baz, 54080, Estado de México
www.oceano.mx
www.grantravesia.com

Primera edición: 2021

ISBN: 978-607-557-382-3

IMPRESO EN MÉXICO / *PRINTED IN MEXICO*

Para Sophie

Era 4 de agosto y supongo que ya llevaba ahí un rato. Para ser honesto, al principio ni siquiera me percaté del cambio. De cualquier forma, mi vida ya estaba entregada a estos sofocantes y pesados días de verano, uno tras otro, cada uno prácticamente idéntico al anterior. Tal vez alguien más atento y observador habría notado el cambio mucho antes.

Qué puedo decir. Era verano, hacía calor. Pero bueno, esto es lo que estaba pasando: el tiempo se había detenido.

O no se había detenido exactamente, pero se quedó atorado en un bucle.

Créeme si te digo que no es metáfora. No estoy diciendo que estuviera aburridísimo y que pareciera que el verano nunca acabaría ni nada por el estilo. Lo que digo es que en el verano, tras mi primer año de secundaria, el calendario llegó al 4 de agosto y se rindió: literalmente, todos los días después de ése fueron también 4 de agosto.

La cadena de la rueda del cosmos se había zafado. El gran iTunes del cielo estaba en Repetir 1.

Para ser un problema sobrenatural, no era muy original que digamos: eso es exactamente lo que le pasó a Bill Murray en *El día de la marmota*. De hecho, una de las primeras cosas que hice fue ver esa película ocho veces. Y sí, valoro su planteamiento irónico aunque tierno sobre las dificultades emocionales del amor romántico, pero como manual para soltarte de un estancamiento cronológico deja mucho que desear.

Y sí, también vi *Al filo del mañana*. Créeme: si me topara con un Omega Mimic sabría exactamente qué hacer. Pero nunca me topé con uno.

Quizás el principal contraste entre lo mío y *El día de la marmota* sea que, a diferencia de Bill Murray, a mí no es que me importara mucho, al menos al principio.

No estaba helando. No tenía que ir a trabajar. De todas formas soy algo solitario, así que lo vi sobre todo como la oportunidad para leer muchos libros y jugar una infame cantidad de videojuegos.

El único verdadero inconveniente es que nadie más sabía lo que estaba pasando, así que no tenía con quién hablarlo. Todos a mi alrededor pensaban estar viviendo el día de hoy por primera vez. Tenía que esforzarme mucho para fingir que no sabía lo que iba a pasar y aparentar sorpresa cuando sucedía.

Y además hacía un calor espantoso. De verdad, era como si todo el aire del mundo hubiera sido succionado y reemplazado por este ardiente jarabe viscoso y transparente. Casi todos los días, para cuando terminaba de desayunar, mi camiseta ya estaba toda sudada. Por cierto, todo esto pasaba en Lexington, Massachusetts, donde me encontraba atorado tanto en el espacio como en el tiempo, porque mis padres no quisieron pagar la segunda sesión del campamento de verano y mi trabajo temporal en el despacho contable de mi madre no empezaría sino hasta la siguiente semana.

Así, pues, ya estaba matando el tiempo, tal y como era.

Sólo que ahora, cuando mataba el tiempo, no se quedaba muerto. Se levantaba de la tumba y volvía a vivir. Me encontraba en el tiempo zombi.

Lexington es un suburbio de Boston y, como tal, está compuesto de mucho asfalto gris liso, muchos prados, muchos pinos, un montón de mansiones ostentosas de falso estilo colonial, y en el centro algunas tiendas lindas y respetables. También tiene algunos monumentos históricos, porque Lexington tuvo un papel memorable, si bien tácticamente insignificante, en la Guerra de Independencia, de modo que aquí hay mucha autenticidad histórica, según indican numerosas placas informativas muy útiles.

Después de la primera semana, ya tenía una rutina bastante consistente. Por la mañana dormía hasta que mi mamá se iba a trabajar. De camino llevaba a mi impresionante y perturbadoramente atlética hermanita a la cancha de futbol y yo me quedaba solo. Desayunaba Cheerios de miel y nuez; cualquiera pensaría que eso terminaría por aburrirme muy pronto, pero en realidad con el paso del tiempo me iban gustando cada vez más. Hay mucha sutileza en un Cheerio de miel y nuez: muchas capas que ir destapando.

Aprendí cuándo desaparecer. Encontré modos de ausentarme de la casa de 5:17 p.m. a 6:03 p.m., que es cuando mi hermana arruinaba la complicada sección rápida del tercer movimiento del Concierto para violín en la menor de Vivaldi diecisiete veces al hilo. Por lo general, me pasaba a retirar después de la cena mientras mis padres (se divorciaron hace un par de años, pero mi papá había venido por alguna razón, quizá para hablar de dinero) tenían un altercado más feo de lo habitual sobre si mi mamá debía o no llevar el auto al taller porque el tubo de escape traqueteaba al pasar los topes.

Eso ponía las cosas en perspectiva. Nota para mí: no pases la vida enojándote por cosas estúpidas.

En lo que respecta al resto del día, mis estrategias para entretenerme por toda la eternidad eran, sobre todo: (a) ir a la biblioteca y (b) ir a la alberca.

Por lo general, elegía la opción (a). La biblioteca era tal vez el lugar de Lexington donde más a gusto me sentía, incluso más que en mi propia casa, donde dormía por las noches. En la biblioteca había silencio, aire acondicionado, tranquilidad. Los libros no ensayan el violín ni tienen acaloradas discusiones sobre tubos de escape.

Además, huelen muy bien. Por esa razón no apoyo mucho que digamos la gloriosa revolución del libro digital. Los libros digitales no huelen a nada.

Con una cantidad de tiempo al parecer infinita a mi disposición, podía darme el lujo de ser ambicioso, y lo hice: decidí leer de principio a fin toda la sección de fantasía y ciencia ficción, un libro tras otro, en orden alfabético. En aquel entonces, aquello se acercaba bastante a mi definición de felicidad (esa definición estaba por cambiar, un cambio nada desdeñable, pero no adelantemos vísperas). En el momento en que esta historia empieza, llevaba un mes, poco más o menos, siendo 4 de agosto, y yo había llegado a *Planilandia*, escrita por un tipo que se llama Edwin Abbott Abbott (no es broma).

Planilandia se publicó en 1884 y se trata de las aventuras de un cuadrado y una esfera. La idea es que el cuadrado es una figura plana, bidimensional, y la esfera es una figura redonda, tridimensional, de modo que cuando se conocen, la esfera tiene que explicarle a ese cuadrado plano qué es la tercera dimensión. Por ejemplo, qué significa tener altura además de longitud y ancho. El cuadrado ha pasado toda la vida en un plano y nunca había levantado la mirada; ahora lo hace por primera vez y, sobra decir, su plana mentecita está alucinando.

Luego, la esfera y el cuadrado se ponen en marcha y visitan un mundo unidimensional, donde todo el mundo es una línea casi infinitamente delgada, y luego un mundo sin ninguna dimensión, habitado por un solo punto infinitamente pequeño que se queda ahí entonando canciones para sí mismo por siempre. No tiene la menor idea de que existe alguien o algo más.

Después de eso, intentan imaginar cómo sería la cuarta dimensión, pero en ese momento se me rompió el cerebro y decidí mejor ir a la alberca.

Aquí puedes intervenir y decir: "Hey, tú... [Me llamo Mark.] Muy bien, Mark. Si el mismo día se repite una y otra y otra vez, si cada mañana automáticamente regresa al principio, con todo exactamente igual que como era, básicamente puedes hacer lo que quieras, ¿cierto? Es decir, claro, podrías ir a la biblioteca, pero podrías ir desnudo a la biblioteca y ni siquiera importaría, porque al día siguiente todo se habría borrado, como cuando agitas un Telesketch. Podrías, qué sé yo, robar un banco, brincar de un tren de carga o decirles a todos lo que en realidad piensas de ellos. Podrías hacer *cualquier cosa que quisieras*".

Y sí, teóricamente eso es cierto, pero, la verdad sea dicha, con tanto calor ¿quién tiene energía para eso? Lo que yo quería era apoltronarme en algún sitio con aire acondicionado y leer libros.

Además, ya sabes, siempre había la diminuta probabilidad de que un día no funcionara, que el hechizo se fuera tan súbita y misteriosamente como había llegado, y que yo me despertara el 5 de agosto y tuviera que lidiar con las consecuencias de cualquier locura que acabara yo de hacer.

Es decir, por el momento estaba viviendo sin consecuencias, pero no puedes retrasar las consecuencias para siempre.

Como te decía, fui a la alberca. Esto es importante porque ahí conocí a Margaret, y es significativo porque después de conocerla todo cambió.

La alberca de nuestro barrio se llama Paint Rock. Tiene una zona donde la gente puede sentarse y un área para niños y un tobogán que a veces sí funciona y un montón de tumbonas donde madres y padres se tienden a asolearse como morsas varadas (¿y por qué se dice *asolearse* y no *asolarse*? Es el tipo de cosas que me daba tiempo de pensar).

La alberca está hecha de un concreto viejo tan rugoso que, no es broma, te arranca toda la piel si caes en él.

En serio. Crecí aquí y he caído en ese concreto miles de veces. Esa porquería te despelleja.

Todo el sitio está resguardado por pinos enormes y, por lo tanto, salpicado de sus hojas y un polvo muy fino de polen de pino color amarillo canario, que si lo piensas, son pinos teniendo relaciones sexuales. Yo trato de no pensarlo.

Reparé en Margaret porque estaba fuera de lugar.

Es decir, primero me fijé en ella porque no se parecía a nadie. Casi toda la gente que va a Paint Rock son visitantes habituales del barrio, pero a ella nunca la había visto. Era alta, tanto como yo, de aproximadamente 1.78 metros, delgada y muy pálida, con cuello largo, carita redonda y mucho cabello negro rizado. Supongo que no era convencionalmente bonita, en el sentido de que nunca ves a alguien como ella en la tele o en el cine, pero ¿ves cómo hay cierta clase de personas (y con todos es diferente) con las que de repente el ojo se te queda ahí enganchado cuando las observas y no puedes dejar de hacerlo, y estás diez veces más despierto que unos momentos antes y es como si fueras la cuerda de un arpa y alguien acabara de puntearte?

Para mí, Margaret era esa clase de persona.

Y había algo más aparte de eso: estaba fuera de lugar.

La regla número uno del bucle temporal era que cada día todo mundo se conducía exactamente igual, a menos que yo interactuara con ellos y afectara su comportamiento. Todo mundo tomaba exactamente las mismas decisiones y decía y hacía exactamente las mismas cosas. Pasaba lo mismo con los objetos inanimados: todas las pelotas rebotaban, todas las gotas salpicaban, todas las monedas caían exactamente igual. Esto probablemente rompa alguna ley fundamental de la aleatoriedad cuántica, pero si eso muestran los resultados, qué le vamos a hacer.

Así, cada vez que me aparecía por la alberca a, digamos, las dos de la tarde, podía estar seguro de que todo mundo estaría exactamente en el mismo lugar, haciendo exactamente lo mismo, cada vez.

Eso me tranquilizaba, en un sentido. Nada de sorpresas. De hecho, incluso me hacía sentir poderoso: conocía el futuro, literalmente. *Yo, dios emperador del reino del 4 de agosto, sabía exactamente qué iba a hacer la gente antes de que lo hiciera.*

Y ésa es la razón por la que de todas formas habría reparado en Margaret, aunque no hubiera sido Margaret: ella nunca antes había estado ahí. Era un elemento nuevo. De hecho, la primera vez que la vi, me costó creerlo. Pensé que tal vez había yo hecho esa mañana algo que había activado alguna clase de acontecimientos de efecto mariposa que ocasionó que esa persona acudiera a una alberca a la que nunca había ido, pero no se me ocurría qué. No sabía si decirle algo o no, y para cuando decidí que sí, ya se había ido. Al día siguiente no fue, y al que le siguió tampoco.

Luego de un tiempo, la olvidé. Después de todo, tenía mi propia vida, cosas que hacer, mucho helado que comer sin engordar. También creía que, si tenía una cantidad infinita de tiempo para jugar, quizá podría encontrar una cura para el cáncer, aunque después de unos días empecé a pensar que quizá no tenía suficientes recursos para curar el cáncer, aunque dispusiera de una infinidad de tiempo.

Además, tendría que ser cien veces más listo de lo que soy. No importa, eso podía dejarlo para después.

Pero cuando Margaret volvió una segunda vez, ya no dejaría que se fuera. Para cuando llegó, ya había visto el mismo día representado en la alberca como veinte veces y se estaba poniendo un poco monótono. Inquieta está la cabeza que porta la corona del dios emperador. Estaba listo para algo inesperado. Hablar con chicas bonitas a las que no conozco no es algo en lo que me destaque especialmente, pero eso parecía importante. De todas formas, si decía algo estúpido, al día siguiente lo habría olvidado.

Primero, la observé un rato. Uno de los rasgos perennes del 4 de agosto en Paint Rock era que todos los días a las 2:37 uno de los niños que jugaban a atrapar una pelota de tenis la lanzaba con excesiva fuerza, de modo que no sólo era imposible de atrapar, sino que pasaba por encima de la cerca de atrás de la alberca, punto en el que ya era fundamentalmente irrecuperable, porque al otro lado de esa cerca había un barranco peligrosamente inclinado y rocoso, y, después de eso, la Ruta 128. Nada que pasara por encima de esa cerca volvía jamás. Pero no ese día, porque en eso llegó Margaret, así con toda tranquilidad y aire despreocupado, vestida con el top de un bikini, shorts de mezclilla y un sombrero de paja, y cuando el niño lanzó la bola, ella se paró de puntitas (enseñando su pálida axila rasurada) y desvió la bola con su largo y delgado brazo.

Ni siquiera la vio, sólo la bajó del aire, la desvió hacia la alberca y siguió caminando.

Era casi como si también ella supiera lo que iba a acontecer. El niño la vio alejarse.

—Gracias —le dijo, haciendo una extrañamente precisa imitación de Apu, de *Los Simpson*—, vuelva prontos.

Vi los labios de Margaret moverse mientras caminaba. Ella también lo dijo: "Gracias, vuelva prontos", al mismo tiempo que él. Era como si estuviera leyéndolo del mismo guion. Se dejó caer en una tumbona, la reclinó hasta atrás, cambió de opinión y la subió de nuevo un nivel. Fui a sentarme a la tumbona al lado de la suya. Así de desenfadado soy.

—Hola.

Giró la cabeza, tapándose los ojos del sol que le daba directo. De cerca, era todavía más bonita y más hábil para puntear cuerdas de arpa de lo que había pensado, y tenía el puente nasal espolvoreado de pecas.

—¿Hola? —dijo.

—Hola. Soy Mark.

—Okey.

Como si estuviera concediéndomelo: está bien, te creo, bien puede ser que te llames Mark.

—Mira, no sé exactamente cómo decir esto, pero ¿de casualidad estás atrapada en una anomalía temporal? Ahora mismo, quiero decir. ¿Como si algo anduviera mal con el tiempo?

—Ya sé lo que es una anomalía temporal.

El sol se reflejó en el agua azul zafiro de la alberca. La gente gritaba.

—Lo que quiero decir es...

—Ya sé lo que quieres decir. Sí, también a mí me está pasando. Lo de los días que se repiten. Digo, el día.

—Dios mío —una inmensa oleada de alivio me recorrió. No me lo esperaba. Me recliné en la tumbona y cerré los ojos unos instantes. Creo que hasta me reí—. Dios mío. Dios mío. Dios mío.

Creo que hasta ese momento ni siquiera había entendido qué tan friqueado estaba, y lo solo que había estado con esa sensación. Digo, me la estaba pasando genial, pero también empezaba a pensar que me quedaría atrapado para siempre en el 4 de agosto y que nadie nunca lo sabría aparte de mí. ¿Quién iba a creerlo? Por lo menos, otra persona lo sabría ahora.

Eso sí, no parecía tan emocionada como yo, ni de cerca. Casi diría que se mostraba un poco displicente.

Recobré la compostura.

—Me llamo Mark —volví a decir, olvidando que ya me había presentado.

—Margaret.

Hasta le di la mano.

—Qué loco, ¿verdad? O sea, al principio no lo podía creer. ¿En serio, alguien podría creerlo? —balbuceé—. Qué desastre, ¿no? Es como magia o algo. En serio, no tiene ningún sentido.

Respiré hondo.

—¿Te has topado con alguien más que lo sepa? —pregunté.

—No.

—¿Tienes idea de por qué está pasando?

—¿Cómo podría saberlo?

—No sé, no sé. Perdón, pero es que estoy un poco atolondrado. Es que me alegra muchísimo que también tú estés en esto. O sea, no es que me alegre de que estés atrapada en el tiempo, pero, caramba, pensaba que yo era el único. Perdón. Voy a necesitar unos momentos —respiré hondo—. ¿Y tú qué has hecho todo este tiempo? Además de venir a la alberca...

—Sobre todo, ver películas. Y me estoy enseñando a manejar. Supongo que no importa si arruino el auto, porque en la mañana estará arreglado.

Me costaba trabajo interpretarla. Era raro. Concedo que yo estaba un poco histérico, pero ella, todo lo contrario: extrañamente tranquila. Era casi como si hubiera estado esperándome.

—¿Ya lo hiciste? —pregunté—. ¿Arruinar el auto?

—Sí, de hecho sí. También el buzón. Sigo siendo malísima con la reversa. A mi mamá le enojó mucho, pero el universo entero se reseteó esa noche y se le olvidó. ¿Y tú qué has hecho?

—Leer, más que nada.

Le hablé sobre mi proyecto en la biblioteca y sobre lo de curar el cáncer.

—Qué bien, eso no se me había ocurrido siquiera. Supongo que no he estado pensando a lo grande.

—No llegué muy lejos.

—No importa: puntos a tu favor por intentarlo.

—Tal vez debería verme más modesto y buscar más bien la cura para el pie de atleta o algo así.

—O la conjuntivitis.

—¡Eso está mejor!

Nos quedamos unos momentos en silencio. Ahí estábamos, el último chico y la última chica sobre la tierra, y no se me ocurría nada que decir. Sus largas piernas con esos shorts me estaban distrayendo. Tenía las uñas de las manos sin pintar pero las de los pies lucían un esmalte negro.

—Eres nueva en el barrio, ¿verdad? ¿Te acabas de mudar o algo así?

—Hace un par de meses. Vivíamos en ese nuevo complejo habitacional de Tidd Road, al otro lado de la carretera. Técnicamente, creo que no cumplimos con los requisitos para venir aquí, pero mi papá se las amañó. Me tengo que ir.

Se levantó, me levanté. Eso es algo que luego supe de Margaret: a pesar de tener una infinidad de tiempo a su disposición, siempre parecía tener que irse.

—¿Te puedo pedir tu teléfono? —pregunté—. Es cierto que no me conoces, pero siento que quizá deberíamos, ya sabes, seguir en contacto. Tal vez tratar de averiguar qué es todo esto. A lo mejor se acaba solo... pero a lo mejor no.

Se quedó pensando.

—Está bien. Dame tu teléfono.

Se lo di y me mandó un mensaje para que yo tuviera el suyo. El texto decía *Soy yo*.

Tardé unos días en mandarle un mensaje. Me daba la impresión de que a veces prefería estar sola y que quizá no brincaba de felicidad ante la perspectiva de pasar una eternidad con una persona tan declaradamente torpe como yo. No soy uno de esos nerds que se odian a sí mismos ni nada, estoy cómodo con mi lugar en el universo social. Pero sé que no respondo a la imagen del tipo perfecto con el cual pasar una cantidad infinita de tiempo.

Aguanté hasta las cuatro de la tarde del día cinco, d. M. (después de Margaret).

Eran las cuatro cuando toda esta repetición me empezó a molestar. En la biblioteca, vi al mismo viejo acercarse a la mesa de préstamos con su caminadora. Oí al mismo empleado de la biblioteca pasar con el mismo carrito que rechinaba. La misma mujer con alergia discutiendo por un cargo por retraso en medio de un ataque de estornudos. El mismo niño de cuatro años que hacía un berrinche de campeonato y sacaban a rastras del edificio. El problema era que todo empezaba a parecer cada vez menos real: como si la repetición interminable comenzara a quitarle a todo su realidad. Las cosas importaban menos. Era divertido hacer lo que quisiera todo el tiempo, sin tener ninguna responsabilidad, pero la gente a mi alrededor dejaba de parecer gente con pensamientos y sentimientos reales, aunque yo sabía que sí lo eran, para parecer más bien robots sumamente verosímiles.

Así que le mandé un mensaje a Margaret. Ella no era un robot. Era real, como yo. Una persona despierta en un mundo de sonámbulos.

¡Hola! Soy Mark. ¿Cómo va todo?

Pasaron como cinco minutos antes de que me respondiera; para entonces ya estaba otra vez leyendo *El restaurante del fin del mundo*, de Douglas Adams.

No me puedo quejar.

Yo ya me estoy aburriendo peligrosamente. ¿Estás en la alberca?

Estaba manejando. Me subí a la banqueta. Le pegué a otro buzón.

Auch. Menos mal que el tiempo está estropeado.

Sí, qué suerte.

Pensé que eso llevaba todo a una buena y redondeada conclusión, y ya no esperaba nada más, pero después de un minuto vi los puntos suspensivos borboteantes que significaban que otra vez estaba tecleando.

¿Estás en la biblioteca?

Ajá.

Me daré una vuelta. 10 mins.

Sobra decir que este resultado superaba con creces mis expectativas. La esperé en la escalinata. Llegó manejando una camioneta Volkswagen plateada con un raspón de pintura anaranjada en la puerta del copiloto.

Me dio tanto gusto verla que quise abrazarla. Otra vez, me tomó por sorpresa. Era un gran alivio ya no tener que fingir que no sabía lo que pasaría a continuación, que no había pasado antes, que no estaba aferrándome con uñas y dientes a la idea de que las cosas tenían alguna importancia. Probablemente enamorarse siempre es más o menos así: descubres a esa otra única persona que se da cuenta de lo que nadie más parece enterarse, a saber, que el mundo está roto y nunca jamás podrá arreglarse. Puedes dejar de fingir, al menos por un rato. Los dos pueden admitirlo, aunque tan sólo sea el uno ante el otro.

O quizá no siempre es así, no lo sé. Sólo una vez lo he hecho. Margaret bajó del auto y se sentó junto a mí.

—Hola.

—Hola —respondí.

—¿Qué hay? ¿Has leído buenos libros últimamente?

—De hecho sí, pero espera un momento, quiero que veas eso.

El choque ocurría todos los días exactamente en ese lugar. Lo había visto al menos cinco veces. Un tipo mirando su teléfono contra otro tipo mirando su teléfono y paseando a su perro, un salchicha pequeño. La correa se enreda en los tobillos del primer tipo y él tiene que agitar los brazos y dar unos brincos para no caerse, un bailecito que no hace sino dejarlo más atrapado en la correa. El perro se pone como loco.

Ocurrió a la perfección, como siempre. Margaret soltó una carcajada. Era la primera vez que la veía reír.

—¿Nunca se termina por caer?

—Nunca he visto que pase. Una vez les grité algo como "¡Cuidado! ¡Perro salchicha! ¡Se aproxima!", y el tipo me miró como diciendo: "Ay, por favor, claro que vi al tipo con el perro. *Imposible* tropezarme con él"... Así que ahora dejo que choquen. Además, creo que el perro lo disfruta.

Nos quedamos viendo el tráfico.

—¿Quieres ir a dar una vuelta en auto?

—No sé —me hice el difícil. Así de desenfadado soy—. Por como lo dices, no suena como la actividad más segura del mundo.

—¿Qué te puedo decir? La vida está llena de sorpresas —Margaret ya estaba caminando hacia el auto—. No me refiero a nuestras vidas, sino a la vida en general.

Subimos a la camioneta. Olía como Margaret, pero un poco más intenso. Pasamos frente a las tiendas con aire de viejos tiempos de Lexington Center.

—Como sea —dijo—, si morimos en una pila de metal ardiente, probablemente en la mañana habremos reencarnado.

—"Probablemente." Es el *probablemente* lo que me preocupa, ¿ves?

—De hecho, he estado pensando en eso y estoy bastante segura de que volveríamos. Otras personas vuelven. Es decir, piensa en cuánta gente muere en el mundo cada día. Si no regresaran, toda esa gente aparecería muerta en la mañana, cuando el mundo se reseteara. O se habrían desvanecido o estarían en éxtasis, algo. Sea como sea, a estas alturas alguien se habría dado cuenta. *Ergo*, seguro que resucitan.

—Y luego, vuelven a morir. Santo Dios, entonces la gente tiene que morir una y otra vez. Me pregunto cuántos serán.

—Ciento cincuenta mil —dijo Margaret—. Lo busqué. Ésa es la cantidad de gente que muere cada día, en promedio.

Traté de imaginarlos. Mil personas en una fila, tirándose por el precipicio una tras otra. Y luego ciento cincuenta de esas filas.

—Cielos, imagínate si tuvieras una muerte muy dolorosa —dije—, o tan sólo un día de mierda en el que estás enfermo y sufriendo. O te despiden. O alguien corta contigo. Te cortan una y otra vez. Eso sería horrible. Definitivamente, tenemos que arreglar esto.

No pareció interesada en seguir esa línea de investigación. De hecho, cuando lo dije se quedó inexpresiva y, por primera vez, se me ocurrió preguntarme si quizás el 4 de agosto no sería para ella un día tan simple como para mí.

—Lo siento, eso ya se estaba poniendo un poco deprimente —dije.

—Sí. Probablemente también muchas cosas buenas están pasando una y otra vez.

—¡Así me gusta!

Habíamos llegado a la orilla de la ciudad. No es una ciudad grande. Margaret tomó una vía de acceso a la Ruta 2.

—¿Adónde vamos? —pregunté.

—A ningún lugar en especial.

Hacía, como todas las tardes, un calor abrasador, y la carretera estaba atascada con el tráfico de la hora pico.

—Antes oía el radio, pero ya me harté de todas las canciones —comentó.

—Me pregunto hasta dónde llega esto. ¿Nada más Lexington estará en el bucle temporal, o el planeta entero está atrapado? ¿O quizás el universo? ¿No tendría que ser el universo entero? ¿Los hoyos negros, cuásares y exoplanetas, todos reseteándose diariamente, y nosotros en medio de todo? ¿Y somos los únicos seres de todo el universo que lo saben?

—¿No es eso un poco egocéntrico? —comentó—. Tal vez haya un par de extraterrestres que también lo sepan.

—Tal vez...

—Estaba pensando, si nada más es una cosa local, quizá si fuéramos lo bastante lejos lograríamos salir del campo o la zona o lo que sea y el tiempo volvería a avanzar.

—Vale la pena intentarlo —observé—. Podemos subirnos a la camioneta, pisar a fondo el acelerador y ver lo que pasa.

—Más bien estaba pensando en subirnos a un avión.

—Ah, ya.

Aunque, para ser honesto, en ese momento estaba disfrutando tanto el paseo en el auto de Margaret que no estaba seguro de querer que el tiempo empezara a funcionar de nuevo; todavía no. Habría estado feliz de repetir esos cinco minutos unos cuantos cientos de veces. Margaret salió de la carretera.

—Antes te mentí sobre adonde vamos. Quiero enseñarte algo.

Entró a un estacionamiento arenoso. La grava crujía bajo las llantas. Sabía dónde estábamos: el estacionamiento de la Reserva Wachusett. Mi papá me llevaba ahí todo el tiempo cuando era niño y me quería enseñar a pescar. Está repleto de millones de percasoles. Sin embargo, después de la pubertad adquirí cierta empatía con los peces y me negué a seguir haciéndolo.

Margaret vio su reloj.

—Diablos. Ven, nos lo vamos a perder.

Se puso a correr entre los pinos de la reserva. Era veloz —con esas piernas largas— y no la alcancé hasta que se detuvo de pronto, a unos metros de la orilla de arena café. Me puso una mano en el brazo. Era la primera vez que me tocaba. Recuerdo lo que ella llevaba puesto: una camiseta anaranjada que de tantas lavadas ya tenía el color de un helado de durazno, con un viejo logo de campamento de verano. Sus dedos estaban inesperadamente fríos.

—Mira.

El agua brillaba con gotas de oro fundido al final de la tarde. El aire estaba tranquilo, aunque alcanzaba a oírse el ruido de la carretera en el fondo.

—Yo no...

—Espera. Ya viene.

Y vino. Un halcón bajó en picada, un compacto y peligroso atado de plumas oscuras. Golpeó fuerte el agua, por un segundo voló desesperadamente en reversa salpicando brillantes gotitas por todas partes, batió las alas furiosamente para volver al cielo con un percasol contorsionándose entre sus garras y desapareció.

La cálida y polvosa tarde estaba tan quieta y vacía como antes. Todo ese asunto había tomado a lo mucho veinte segundos. Era esa clase de cosas que te recuerdan que un día que ya viviste cincuenta veces todavía puede sorprenderte. Margaret volteó a verme.

—¿Y bien?

—¿Y bien? ¡Estuvo increíble!

—¿Verdad? —su sonrisa, por sí sola, podría haber detenido el tiempo—. Lo vi el otro día de pura casualidad. O sea hoy, pero tú entiendes. El otro hoy.

—Gracias por enseñármelo. ¿Pasa todas las veces?

—Exactamente a la misma hora. Las 4:22 con treinta segundos. Con ésta, ya van tres veces que lo veo.

—Casi hace que valga la pena estar atorado en el tiempo.

—Casi —y en eso, pensó en algo y su sonrisa se apagó un poco—. Sí, casi...

Margaret me dejó en la biblioteca, donde yo había dejado mi bicicleta, y eso fue todo. No la invité a salir ni nada. Supuse que ya bastante era con que estuviera atrapada en el tiempo conmigo. No es como si pudiéramos eludirnos. Éramos como dos náufragos, sólo que en vez de estar varados en una isla desierta estábamos atascados en un día.

Como soy una persona con una fuerza de voluntad fuera de lo común, no volví a mandarle mensaje de texto hasta dos días después.

Encontré otro. Las escaleras de atrás de la biblioteca, las del estacionamiento. 11:37:12.

¿Otro qué?

Otro. Ven.

No respondió, pero la esperé por si acaso. No tenía nada mejor que hacer. Y acudió. El lanchón que tenía por camioneta entró en el estacionamiento a las 11:30. Se colocó en la sombra.

—¿Qué es? ¿Algo como otro halcón?

—No levantes la voz, no quiero arruinarlo.

—¿Arruinar qué?

Apunté.

La puerta de atrás de la biblioteca tenía unas escaleras de concreto que daban al estacionamiento. Éstas no tenían nada extraordinario, pero sí una misteriosa cualidad pitagórica que atrae a skaters de catorce años como el imán a las limaduras de hierro. Iban en tropel, como buitres sobre un animal muerto. Probablemente se aparecieron por ahí con sus patinetas en el instante mismo en que se secó el concreto.

—¿Eso era? —preguntó Margaret—. ¿Unos simples skaters?

—Observa.

Todos se turnaban para bajar las escaleras uno tras otro, hacían su numerito, subían de regreso por la rampa para sillas de ruedas y volvían a formarse. Aquello no se detenía.

—Está bien —dije—. ¿Qué notas en estos skaters?

—¿De qué hablas?

Quedaba claro que no le despertaba la menor curiosidad.

—¿Qué tienen todos en común?

—Que, irónicamente, a pesar del hecho de que la patineta define su mismísima identidad, todos son malísimos patinando.

—¡Exactamente! —dije—. La regla de oro de los skaters de todo el mundo es que nunca jamás les sale el truco que siempre ensayan. Pero mira.

Un skater se deslizó al borde de las escaleras con las rodillas dobladas, brincó y su patineta salió disparada en un ángulo al azar sin él. Eso dio pie al siguiente skater. Y el siguiente y el siguiente.

Vi mi reloj. 11:35.

—En dos minutos —le dije—. Perdón, pensé que llegarías tarde. ¿Cómo va todo lo demás?

—Ahí va.

—¿Y la manejada?

—Muy bien. Necesito un nuevo aliciente. Algo entre malabarismos e ingeniería electrónica.

—Hay que ser prácticos. Los malabarismos son el futuro.

—Es la elección más sabia.

Una skater se cayó; podía haber estado feo, pero se levantó y estaba bien. El siguiente se acobardó antes de siquiera llegar a los escalones.

—Ya sólo faltan dos —el siguiente falla—. Uno más —también falla—. Listo. ¡El show va a empezar!

El siguiente turno era de un chico grueso de cara redonda con cabello oscuro que parecía un casco debajo de su casco de verdad, al que ya habíamos visto errar algunos trucos. Tenía expresión decidida. Arrancó, buscó el equilibrio, acomodó los pies, se acuclilló, llegó a los escalones y brincó.

Su patineta dio una vuelta en el aire y luego cayó con fuerza sobre el barandal en un *grind* perfecto. De verdad, era como en un videojuego, nivel X Games. El chico aguantó el *grind* a lo largo de todo el barandal, tres metros en un largo segundo con los brazos completamente extendidos. La primera vez que lo vi, pensé que eso era todo. El truco le había salido y con eso bastaba. Su nombre y su hazaña pasarían a la historia. Pero no, eso no bastaba. Él iba por todos los honores: acabar el *grind* con un *flip out* de trescientos sesenta grados.

Con una condición física más propia de un atleta que de alguien con su pálida y blanda apariencia, se levantó del barandal para elevarse por los aires y levitó mientras su patineta daba un giro salvaje por los dos ejes. Entonces, él aterrizó en la patineta con ambos pies, a lo grande. La patineta se curvó tanto que parecía que se iba a partir en dos, pero él siguió sobre ella y al erguirse tenía una expresión incrédula. Puso la cara más feliz anatómicamente posible en un ser humano. Levantó ambos puños en expresión de triunfo y completa incredulidad.

Los otros skaters bajaron las escaleras en tropel y lo rodearon para celebrar. Era, y muy posiblemente lo sería por siempre, el momento más grande de su vida.

—¿Sí o no valió la pena?

Margaret asintió solemnemente con la cabeza. Me veía con una mirada que no le conocía. Era como si me estuviera viendo con atención por primera vez.

—Valió la pena. Tenías razón. Fue un instante perfecto.

—Como el halcón.

—Como el halcón. Ven, vamos a comprar para comer alguna cosa cara y mala para la salud.

Escogimos la cosa más brutalmente engordadora que pudimos encontrar: hamburguesas con queso y tocino. Queso y tocino extra. Ese día se nos ocurrió la idea del mapa de los instantes perfectos.

Es difícil sobrellevar la vida cotidiana, encontrar cosas que no apesten para hallar placer, y estoy hablando de la vida normal, en la que cada veinticuatro horas tienes a tu disposición un día nuevo con el cual lidiar. Nosotros estábamos en una situación aún más difícil porque teníamos que arreglárnoslas con el mismo día todos los días, y ese día ya estaba muy desgastado. Entonces, nos lo tomamos muy en serio. El halcón y el patinador fueron sólo el comienzo. Nuestro objetivo era encontrar absolutamente todos los momentos de belleza, cada instante perfecto que ese 4 de agosto específico pudiera ofrecer. Tenía que haber más: momentos en los que, por unos cuantos segundos, el carbono de la realidad fuera azarosamente comprimido para dar lugar a un reluciente diamante de genialidad. Si queríamos conservar la cordura debíamos encontrarlos todos. Tendríamos que extraer del 4 de agosto todos sus pedacitos de perfección.

—Debemos ser súper observadores —dijo Margaret—: permanecer en el momento. No sólo estar vivos: estar súper vivos.

Además de estar súper vivos, íbamos a organizarnos. Compramos una elegante pluma fuente y un gran mapa plegable de Lexington y lo extendimos en una mesa de la biblioteca. Margaret encontró el punto de la Reserva Wachusett y escribió ahí "HALCÓN" y "16:32:30" con llamativa tinta morada (y haber escrito la hora según el método militar lo hacía parecer mucho más oficial). En el punto que señalaba las escaleras de atrás de la biblioteca escribí "11:37:12" y anoté "SKATER".

Dimos un paso atrás para admirar nuestra obra. Era un comienzo. Éramos un equipo: Mark y Margaret contra el mundo.

—¿Sí te das cuenta de que cuando el mundo se resetee por la mañana, el mapa se borrará? —dijo.

—Tendremos que recordarlo. Volverlo a dibujar desde cero cada día.

—¿Cómo crees que debamos buscar los instantes perfectos?

—No lo sé —le respondí—. Supongo que andar con los ojos bien abiertos.

—Vivir en el ahora.

—Que sea un lugar común no significa que no sea cierto.

—A lo mejor tenemos que trabajar por sectores —dijo Margaret—. Dividimos la ciudad en una cuadrícula y nos repartimos los cuadros entre los dos, y luego nos aseguramos de haber observado cada cuadro en todo momento del ciclo de veinticuatro horas para que no se nos pase nada.

—O podríamos simplemente pasear.

—También es buena opción.

—¿Sabes qué me recuerda esto? —dije—. El mapa de *Bandidos del tiempo*.

—Ni idea de lo que eso signifique.

—¡Dios mío! Si el universo se detuvo sólo para poder hacerte ver *Bandidos del tiempo*, habrá valido la pena cada segundo.

Luego me puse a explicarle lo que se dice en *Planilandia* acerca de la cuarta dimensión, pero resultó que estaba siendo condescendiente y un poco ridículo, porque ella no sólo ya había leído *Planilandia* sino que, a diferencia de mí, ella sí lo había entendido, así que me lo explicó.

—Somos tridimensionales, ¿no?

—Hasta aquí te voy entendiendo.

—Ahora mira nuestras sombras —dijo—. Nuestras sombras son planas. Bidimensionales. Tienen una dimensión menos que nosotros, tal como en un universo plano la sombra de un ser bidimensional sería una línea unidimensional. Las sombras siempre tienen una dimensión menos que la cosa que las proyecta.

—Sigo entendiéndote. Creo.

—Entonces, si quieres imaginar la cuarta dimensión, piensa en algo que proyecte una sombra tridimensional. Somos como sombras de seres cuatridimensionales.

—Oh, vaya —mi plana mentecita, como la del cuadrado del libro, estaba alucinando—. Pensaba que la cuarta dimensión sería el tiempo o algo así.

—Sí, eso resultó ser una idea inventada. Hasta han resuelto cómo podría verse una representación tridimensional de un cubo cuatridimensional. Se le llama hipercubo. Mira, te voy a dibujar uno. Pero con la salvedad de que mi dibujo será meramente bidimensional.

Acepté la salvedad. Lo dibujó. Se veía así:

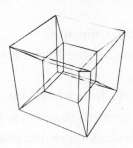

Me quedé mirando el dibujo mucho tiempo. No se veía tan cuatridimensional, aunque ¿cómo podía saberlo?

—¿Tú crees que todo este bucle temporal fue creado por seres cuatridimensionales superiores con el poder de manipular el tejido del espacio-tiempo tridimensional? ¿Que doblaron todo nuestro universo en un bucle con la misma facilidad con que nosotros haríamos una banda de Moebius con un pedazo de papel?

Frunció los labios. Se tomó la idea más en serio de lo que probablemente merecía.

—Me decepcionaría un poco si así fuera —dijo al fin—. Uno pensaría que tienen mejores cosas que hacer.

Dos días después, me mandó un mensaje de texto.

Esquina de Heston y Grand, 7:27:55.

Llegué a la mañana siguiente a las 7:20, con café. Ella ya estaba ahí.

—Te levantaste temprano —dije.

—No dormí. Quería ver si pasaba algo extraño a medianoche.

—¿Algo extraño como qué?

—Ya sabes, quería estar despierta cuando el mundo retrocede.

Lo loco es que yo nunca había intentado eso. Siempre había estado dormido cuando eso pasaba. Supongo que soy más madrugador que nocturno.

—¿Y cómo es?

—La cosa más extraña que te puedas imaginar. Cada día tiene que empezar exactamente del mismo modo, así que si despertaste en tu cama el 4 de agosto, como supongo que pasó, a menos que esté yo subestimándote seriamente...

—No me subestimas.

—Entonces, si la primera vez te despertaste en tu cama, tienes que despertar en tu cama todas las veces, para que el día empiece exactamente igual cada vez. Eso significa que si a medianoche no estás en la cama, te coloca en la cama. Estaba sentada en el suelo tonteando con el teléfono y al instante siguiente las luces estaban apagadas y yo debajo de las cobijas. Es como si hubiera una invisible nana cósmica que te agarra y te mete a la cama.

—En serio, es extrañísimo.

—Además, cuando llega la medianoche, la fecha de tu teléfono no cambia.

—Claro.

—Supongo que esa parte no es tan extraña.

—Y entonces, ¿qué estamos buscando aquí? —pregunté.

—No quiero arruinarlo. Ésa tendría que ser una de las reglas. Tienes que verlo por ti mismo.

Heston y Grand era una intersección concurrida, o al menos lo suficiente para tener un semáforo. Era extraño ver el tráfico de la hora pico: todo mundo dirigiéndose al trabajo, con prisa y concentrado, con un frappuccino moca en el portavasos, para hacer todo lo que ya había hecho el día anterior y que a medianoche quedaría deshecho, a fin de ganar todo el dinero que, sin saberlo, tendría que devolver durante la noche.

7:26.

—No sé por qué me siento nerviosa si esto tiene que pasar de manera prácticamente automática —dijo.

—Va a pasar. Sea lo que sea.

—Okey, checa cómo se detiene el tráfico. Allá va.

En algún lugar cambiaron las luces del semáforo y la calle se vació. Un solitario Prius negro tomó una calle lateral y se apareció frente al semáforo en rojo justo frente a nosotros.

—¿Eso es todo?

—Sí. Mira quién va manejando.

Entrecerré los ojos para ver. El conductor sí me parecía extrañamente conocido.

—Espera. ¿No es...?

—Estoy segurísima de que sí.

—Es... ¿cómo se llama?, ¡Harvey Dent de *Batman: el caballero de la noche*!

—No —dijo Margaret paciente—, no es Aaron Eckhart.

—Espera. Sí lo sé —troné los dedos un par de veces—. ¡Es el tipo al que le cortan la cabeza en *Juego de tronos*!

—¡Sí!

Era Sean Bean. El auténtico Sean Bean, el actor. Al darse cuenta de que lo habíamos descubierto, nos dedicó su característica sonrisa compungida y asimétrica, y un desganado saludo con la mano. Entonces, la luz cambió a verde y siguió adelante.

Lo vimos alejarse.

—Qué raro verlo con la cabeza otra vez en su lugar.

—Sí, ¿verdad? Pero ¿qué piensas?

—Pues me gustaba más como el tipo que vomita en *Ronin*.

—Me refiero a que si crees que es digno de figurar en el mapa.

—Ah, definitivamente. Pongámoslo.

Regresamos a casa de Margaret a redibujar el mapa y ver *Bandidos del tiempo*, que aún no había visto. Sus padres no estaban: su mamá había salido esa mañana a un viaje de trabajo y su papá estaba en el mismo retiro de yoga para siempre jamás. Pero estaba exhausta por haber estado toda la noche despierta y a los cinco minutos se quedó dormida en el sofá, antes de que siquiera aparecieran los enanos. Antes incluso de que el niñito se diera cuenta de que el mundo en el que vive es mágico.

Era como una gran búsqueda de huevos de Pascua. Margaret encontró también el siguiente: una niñita que formaba una enorme pompa de jabón, de esas que se hacen con dos palos e hilo, y que siempre revientan después de dos segundos, sólo que ésta no. Era gigante, más o menos del mismo tamaño que la niña, y se fue a la deriva, volando bajo por todo Lexington Green, ondulando como una extraña ameba fantasma translúcida, más y más lejos, más allá de donde jamás imaginarías, hasta que finalmente cruzó una acera, chocó con un auto estacionado y se reventó.

Dos días después encontré otro: una solitaria nube en el cielo que por aproximadamente un minuto, vista desde la esquina de Hancock y Greene, lucía exactamente como un signo de interrogación. Cuando digo *exactamente* es tal cual: como si alguien lo hubiera tecleado en el cielo.

Cinco días después, Margaret vio dos autos acercarse uno al otro en un alto. Sus placas eran 997 GEN e IAL 799. Al día siguiente encontré un trébol de cuatro hojas en un prado atrás de mi vieja primaria, pero lo desestimamos. No era lo que se dice un instante, así que no contaba.

Esa noche, sin embargo, como a las ocho, iba en bici paseando por la calle sin rumbo fijo cuando vi a una mujer caminando sola. En sus treinta, de complexión robusta, vestida como recepcionista de una agencia de bienes raíces. Alguien debió de haberle mandado un mensaje, porque vio su teléfono y se paró en seco. Por un terrible segundo, se acuclilló y se tapó los ojos con una mano, como si la noticia le hubiera golpeado en el estómago tan fuerte que apenas si podía mantenerse en pie.

Pero luego, volvió a erguirse, levantó un puño al aire y se fue corriendo cantando "Eye of the Tiger" a voz en cuello. Además, tenía buena voz. Nunca averigüé qué decía el mensaje, pero no importaba.

Éste era frágil. La primera vez que intenté mostrárselo a Margaret acabamos distrayendo a la mujer y ni siquiera se dio cuenta de que le había llegado un mensaje. La segunda vez, le llegó el mensaje, pero todo indica que no quiso cantar "Eye of the Tiger" frente a nosotros. Al final, tuvimos que escondernos atrás de un seto para que Margaret pudiera apreciar el instante al máximo.

Todos los anotábamos. GATO EN COLUMPIO DE LLANTA (10:24:24). SCRABBLE (14:01:55) —un tipo jugando en el parque logró un triple tanto de letra con la palabra *quijotesco*. NIÑITO SONRIENDO (17:11:55) —él sólo estaba ahí, sentado y sonriendo por algo; había que verlo para captar lo que tenía de especial.

No eran nada más los instantes perfectos. También hacíamos otras cosas que no tenían nada que ver con todo esto. Teníamos concursos. Quién conseguiría más dinero en un día sin tener que sacarlo del banco (yo gané vendiendo el auto de mi mamá en Craigslist cuando ella estaba en el trabajo; ¡perdón, mamá!). Quién adquiriría la mejor nueva habilidad sin haberlo intentado antes ni una sola vez (ésa también la gané yo: toqué horrible "Auld Lang Syne" en saxofón, mientras que ella pasó todo el día intentando, sin éxito y cada vez más enojada, andar en monociclo). Quién saldría en la tele (ella ganó: fingió estar haciendo prácticas de verano en la estación local de noticias para luego "accidentalmente" pasar por el set mientras transmitían en vivo; recibieron tantos correos electrónicos de gente que disfrutó su aparición que al final le ofrecieron un empleo. Así es Margaret, para que la vayas conociendo).

A mí me daba exactamente lo mismo quién ganara. Me disculpo con el resto de la humanidad, que se vio obligada a repetir el 4 de agosto una y otra vez, como autómatas animatrónicos de carne y hueso, pero estar atrapado en el tiempo con Margaret era mejor que cualquier tiempo real que jamás hubiera tenido en la vida. Yo era como el cuadrado de *Planilandia*: por fin, había conocido una esfera, y por primera vez miraba hacia arriba y veía en qué mundo loco, enorme, hermoso había estado viviendo sin siquiera saberlo.

Y Margaret también lo estaba disfrutando, yo lo sabía. Pero era diferente para ella, porque con el paso del tiempo (o sea, el tiempo no pasaba, pero ya sabes a qué me refiero) empecé a preguntarme si algo más estaba pasando en su vida, algo de lo que no hablaba y sobre lo que yo no sabía cómo preguntarle. Se notaba en pequeñas cosas que ella hacía o no hacía. Revisaba mucho su teléfono. Por momentos, tenía la mirada perdida y se distraía. Siempre se iba un poco temprano. Cuando estábamos juntos, yo no pensaba en nada más que en ella, pero para Margaret no era igual. Su mundo era más complicado.

Como sea, finalmente vimos *Bandidos del tiempo*. Aún se deja ver bastante bien, aunque no creo que a ella le haya gustado tanto como a mí. Quizá tienes que verla de niño por primera vez. Pero le gustaba Sean Connery.

—Parece ser que así decía en el guion: "Este personaje se parece a Sean Connery pero mucho más ordinario" —le conté—. Y luego Sean Connery leyó el guion, les llamó y les dijo "Hagámoslo".

—Aquello tuvo que ser un instante perfecto. Pero no entiendo por qué regresa en el...

—¡Alto! ¡Nadie lo sabe! ¡Es uno de los grandes misterios del universo! ¡Conocimiento prohibido! Ni siquiera deberíamos estar hablando de esto.

Estábamos en el sofá de espuma del cuarto de juegos de su casa, donde había un piso de concreto con una alfombra rala y un ventanal de piso a techo con vista a lo que parecía un gran jardín.

Había pasado casi toda la hora anterior acercándome imperceptiblemente a ella en el sofá, nanómetro a nanómetro, y luego sutilmente me recargué de modo que mi hombro descansara sobre el de ella, y quedamos medio apoyados el uno contra el otro. Se sentía como si una energía centelleante emanara de ella hacia mí y me iluminara desde dentro. Me sentía como si resplandeciera. Como si resplandeciéramos.

No creo que nadie en la historia de la cinematografía haya jamás disfrutado una película tanto como yo gocé *Bandidos del tiempo* esa noche. Roger Ebert viendo *Casablanca* no podría haberla disfrutado ni una décima parte de lo que yo.

—Margaret, ¿te puedo preguntar algo? —dije.

—Claro.

—¿Nunca extrañas a tus padres? O sea, yo puedo pasar tiempo con los míos siempre que quiera y, de cualquier forma, en lo que a ellos concierne con muy poco basta, pero tú a los tuyos casi no los ves. Eso debe ser difícil.

Ella asintió y miró hacia su regazo.

—Sí. Sí es un poco difícil.

Los rizos de su cabellera le taparon el rostro. Me recordaron las dobles hélices del ADN y pensé cómo, en algún lugar de su interior, había pequeñas moléculas con forma de tirabuzón que contenían la fórmula mágica para hacer rizos en su cabellera. Para hacer a Margaret.

—¿Quieres que los busquemos? Quizá podríamos dar con ellos en el lapso de veinticuatro horas. Llegar a ese retiro de yoga.

—Olvídalo —dijo sacudiendo la cabeza y sin voltear a verme—. Olvídalo, no tenemos que hacerlo.

—Sé que no tenemos que hacerlo, sólo pensé que...

Seguía sin voltear a verme. Le había tocado una fibra sensible que llevaba a un lugar que yo no entendía del todo. Me dolió un poco que no pudiera o no quisiera decirme adónde, pero no me debía ninguna explicación.

—Claro. Muy bien. Sólo querría que te hubiera tocado un día mejor, eso es todo. No sé quién haya escogido este día, pero pongo sus predilecciones en tela de juicio.

Esbozó media sonrisa; literalmente, la mitad de su boca sonrió y la otra no.

—Alguien debe tener días malos —dijo—. Estadísticamente, pues. Si no, la curva de campana acabaría arruinada. Esto es lo que me toca.

Me tomó la mano: la levantó de mi regazo con sus dos manos y la apretó un poco. Yo la apreté de vuelta, tratando de seguir respirando con normalidad mientras el corazón se me hinchaba como cien veces dentro de mí. Todo se quedó quieto, y casi me llevó a pensar que algo podría haber pasado... como que ése podría haber sido el instante, si no hubiera sido porque de inmediato lo eché a perder.

—Escucha, tengo una idea, hay algo que podríamos probar —dije.

—¿Implica andar en monociclo? Porque de una vez te lo digo: no quiero volver a ver otro de esos diabólicos artefactos de una rueda nunca en la vida.

—No creo —me quedé esperando que me soltara la mano, pero no lo hizo—. ¿Recuerdas esa idea que tuviste el otro día, de viajar lo más lejos que pudiéramos y averiguar si podemos salir de la zona donde está ocurriendo el bucle temporal? ¿Suponiendo, claro, que se limite a una zona?

No contestó enseguida, sino que siguió viendo hacia el jardín, que estaba oscureciéndose a cada minuto en el crepúsculo de verano.

—¿Margaret? ¿Estás bien?

—No, exacto, lo recuerdo —me soltó la mano—. Es un buen plan. Hay que hacerlo. ¿Adónde vamos?

—No sé. No creo que importe tanto. Supongo que deberíamos ir al aeropuerto y tomar el vuelo que vaya más lejos. Tokio, Sídney, algo así. Pero ¿segura que estás bien?

—Segurísima. Estoy perfectamente.

—No tenemos que hacerlo. A lo mejor ni funciona. Sólo pensé que deberíamos intentarlo todo.

—Por supuesto que deberíamos. Todo. Definitivamente. Nada más que no lo hagamos mañana.

—De acuerdo.

—Quizá pasado mañana.

—Cuando estés lista.

Asintió con tres rápidos movimientos de cabeza, como si se hubiera decidido.

—Pasado mañana.

No podíamos empezar antes de medianoche, dado el efecto de nana cósmica, pero acordamos que al dar las doce los dos nos levantaríamos de la cama y ella de inmediato nos compraría boletos de Turkish Airlines a Tokio, para salir del aeropuerto Logan a las 3:50 a. m., que fue el primer vuelo a un lugar verdaderamente lejano que encontramos. Era Margaret quien debía hacerlo porque tenía una tarjeta de débito de una cuenta bancaria conjunta con sus padres y yo no. Le prometí que le pagaría mi parte si funcionaba.

Luego salí a hurtadillas a la cálida noche olorosa a hierba a esperar y ser atacado por innumerables mosquitos. No había luna: el 4 de agosto era noche de luna nueva.

Margaret se aproximó en el auto con las luces apagadas.

Daba una sensación de cercanía e intimidad eso de estar en su auto con ella a la medianoche. De hecho, fue cuando más próximo a ser su novio me sentí, y aunque en realidad no lo era, la sensación era emocionante. No hablamos hasta que estuvimos en la carretera vacía, subiendo y bajando colinas camino a Boston, bajo la indiferente e insípida mirada naranja de los faroles de vapor de sodio.

—Si esto funciona, mis padres pensarán que nos fugamos juntos —dijo.

—Ni se me había ocurrido esa posibilidad. Yo a los míos les dejé una nota que dice que tomé el camión para pasar el día en Boston.

—Yo no dejo de imaginar a mi padre diciendo una y otra vez que está bien si estoy embarazada, que él lo entiende perfectamente, que sólo quiere que hablemos acerca de ello.

—La parte más difícil de explicar va a ser la elección de Tokio. O sea, ¿eso de dónde salió?

—Yo voy a decir que fue tu idea —me advirtió Margaret—. Estabas harto de leer los *manga* importados y querías ir directo a la fuente.

—Es genial que apoyes tanto mis pasiones.

Estábamos bromeando, pero yo sabía —en ese momento lo sabía— que estaba enamorado de Margaret. Eso no era broma, yo iba completamente en serio. Me habría fugado a Tokio con ella como fuera, sin dudarlo ni un minuto, por cualquier motivo, pero me propuse no decir ni hacer nada al respecto, hasta que el asunto del tiempo se resolviera. No quería que se sintiera atrapada conmigo. Quería que contara. Y también, claro, estaba aterrado. Nunca antes había estado enamorado. Nunca antes había apostado tanto de mi corazón. Por mucho que quisiera ganar, era aún mayor el miedo a perder.

Asomado por la ventanilla y mirando los árboles negros contra el cielo gris contaminado lumínicamente, pensaba en cuánto iba a extrañar el 4 de agosto, nuestro día, si esto funcionaba.

El día de Mark y Margaret. La alberca, la biblioteca, los instantes perfectos. A lo mejor era una locura.

Después de todo, tenía tiempo y también el amor. Lo poseía todo y lo estaba tirando por la borda. ¿Para qué? ¿Para la vida real? ¿Para envejecer y morir como el resto del mundo?

Pero sí: el resto del mundo. Toda la gente que no iba a poder vivir su vida. A ellos les robaban todo, todos los días. Mis padres, levantándose día tras día y haciendo exactamente las mismas cosas, una y otra vez, y teniendo esta estúpida pelea por el auto. Mi hermana ensayando su Vivaldi sin mejorar jamás. ¿Tenía alguna importancia si no lo sabían? Yo quería creer que quizá no, pero sabía que sí.

Y sabía que, en el fondo, yo mismo estaba harto de vivir sin que hubiera consecuencias. Una vida de bajo riesgo, en la que nada importaba y todas las heridas estaban sanadas para cuando amanecía, sin cicatrices. Necesitaba algo más. Estaba listo para regresar a la vida real. Estaba listo para ir adonde fuera, si era con Margaret.

Y sería bueno ver la luna otra vez.

A esas horas de la noche, el aeropuerto estaba casi vacío. Recogimos nuestros boletos en las terminales de autoservicio y caminamos tranquilos por el aeropuerto. Las 3:50 a.m. es la mejor hora para volar. Pasamos muy campantes por los controles de seguridad pues no había filas y no llevábamos equipaje. Nos sentamos cerca de la puerta de embarque a esperar. Margaret no tenía muchas ganas de hablar, pero apoyó la cabeza en mi hombro.

Dijo que estaba cansada y que no le gustaba volar.

Después de un rato, fui a comprar unas Coca-Colas de dieta. Anunciaron la salida de nuestro vuelo.

Caminamos arrastrando los pies por la pasarela junto con muchas otras personas cansadas y con el cabello alborotado.

Nuestros asientos estaban juntos. Margaret parecía cada vez más perdida, ensimismada, con la mirada fija en el respaldo del asiento frente a ella. Se sentía lejos, a pesar de que estábamos sentados uno al lado del otro.

—¿Te preocupa volar? —pregunté—. Porque incluso si nos estrellamos, recuerda que vamos a reencarnar. Aparte de todo, si el 4 de agosto hubiera habido un accidente de avión, a estas alturas ya nos habríamos enterado.

—No digas eso, no vaya a traer mala suerte.

—Fíjate que en un sentido espero que esto no funcione, porque si sí, nos vamos a quedar sin dinero. ¿Compraste viaje redondo?

Yo estaba balbuceando, tal como el día que nos conocimos.

—Ni pensé en eso —dijo—. Aunque, viendo el lado bueno, si funciona habremos salvado al mundo.

—Eso sí.

Cerré los ojos. Mis innumerables piquetes de mosquito me daban comezón. No habíamos dormido mucho. Me gustaba la idea de quedarme dormido junto a Margaret.

—Aunque ¿qué tal si el mundo termina el 5 de agosto? —dije con los ojos aún cerrados—. ¿Qué tal si eso es lo que está pasando? ¿Qué tal si alguien hizo que el tiempo empezara a repetirse precisamente porque el mundo estaba a punto de ser golpeado por un asteroide o algo, y esa persona, en efecto, salvó al mundo deteniendo el tiempo para siempre, si bien a un costo muy grande, y si nosotros rompemos el bucle temporal lo que estaremos haciendo será condenar a la Tierra a su inevitable destrucción?

No respondió. De todos modos, era una pregunta retórica. Cuando abrí los ojos, unos sobrecargos turcos estaban cerrando las puertas otra vez. Me tomó un segundo darme cuenta de que Margaret ya no estaba en su asiento. Pensé que habría ido al baño y hasta me levanté para preguntar si estaba bien, pero unos preocupados empleados de Turkish Airlines me condujeron de regreso a mi asiento.

Al cabo de cinco minutos, tuve que aceptarlo: Margaret ya no estaba en el avión. Seguramente había salido corriendo en el momento en que estaban cerrando la puerta.

Sonó mi teléfono.

Lo siento Mark pero simplemente no puedo lo siento

¿No puede qué? ¿Volar a Tokio? ¿Volar a Tokio conmigo? ¿Dejar el bucle temporal? ¿Qué? Empecé a responder su mensaje pero una sobrecargo turca me pidió que por favor apagara todos los teléfonos y aparatos portátiles o los pusiera en modo avión. Lo repitió en turco, para darle mayor énfasis. Apagué el teléfono.

El avión rodó hacia la pista y despegó. El vuelo a Tokio era largo: catorce horas. Vi tres veces *Al filo del mañana*.

Después de todo eso, no funcionó. Esperé por las puertas de embarque de Narita (asombrosamente parecido a todos los demás aeropuertos, salvo porque todo está en japonés y las máquinas expendedoras son más futuristas) hasta que fuera medianoche en Massachusetts y la nana cósmica me agarrara desde el otro lado del mundo para meterme en la cama, de vuelta en mi casa.

Esa mañana al despertar, le mandé un mensaje a Margaret, pero no me respondió. Tampoco al día siguiente. Le marqué, pero no tomó la llamada.

No sabía qué pensar, salvo que ella no quería que acabara el bucle temporal y que, fuera cual fuera la razón, no tenía nada que ver conmigo. Todo mi mundo era la burbujita que compartía con ella, pero su mundo era más grande. A lo mejor tenía a alguien más. Era lo único que se me ocurría, porque por supuesto todo tenía que tratarse de mí. Había alguien más y ella no quería dejarlo. Para mí, nuestra vida juntos era una cosa perfecta y no creía posible desear nada más. Pero ella sí podía.

Era doloroso. Había alcanzado a echar un glorioso vistazo a la tercera dimensión y ahora estaba desterrado de regreso en un mundo plano.

Por primera vez, deseé ser una de las personas normales, de los zombis que cada mañana lo olvidaban todo y simplemente se ocupaban de sus asuntos como si fuera por completo nuevo y lo estuvieran haciendo por primera vez. "Ya suéltame —quise decirle a la nana—, déjame olvidar. Déjame ser uno de ellos. Ya no quiero ser uno de nosotros. Quiero ser un robot." Pero no podía olvidar.

Regresé a mi vieja rutina, en la biblioteca. Todavía me faltaban por leer dos libros de la serie *Guía del autoestopista galáctico* y seguía lejísimos de terminar con la sección A: me quedaban Lloyd Alexander y Piers Anthony, y más allá de ellos se desplegaba el gran desierto de Isaac Asimov. Pasé ahí todo el día; sólo salí a las 11:37:12 para ver al patinador hacer su combinación de trucos.

De hecho, me dio por asistir cada día a un par de nuestros instantes perfectos, que era fácil porque, evidentemente, los teníamos en un práctico mapa. A veces lo redibujaba; a veces sólo iba de memoria. Vi al halcón atrapar a su pescado. Saludé a Sean Bean en la esquina de Heston y Grand. Vi a la niñita hacer su pompa de jabón gigante. Siempre tuve la esperanza de ver a Margaret en alguno de ellos, pero nunca pasó. De todas formas, iba. Me ayudaba a estar triste, que quizás es parte del proceso de desenamorarse, lo cual, evidentemente, era lo que me correspondía hacer. Lo de estar triste empezaba a salirme bien.

O tal vez nada más estaba regodeándome en la autocompasión. Hay sólo un paso.

Una vez sí alcancé a ver fugazmente a Margaret, por casualidad. Sabía que eso pasaría tarde o temprano; era cuestión de tiempo (o de ausencia del tiempo). Iba manejando por el centro, camino a ver el juego de Scrabble, cuando encontré una camioneta Volkswagen plateada doblando una esquina a una cuadra de mí. Lo elegante y respetuoso habría sido dejar que se fuera en paz, porque evidentemente ella no quería tener nada que ver conmigo, pero no opté por eso. Hice lo contrario. Aceleré y doblé la esquina a tiempo para verla girar a la derecha en la avenida Concord. Volví a pisar el acelerador. Siga a ese auto.

La seguí hasta la Ruta 2 y por ahí, hasta el hospital Emerson.

No sabía que Margaret fuera al hospital; nunca había hablado de eso. Me desconcerté un poco. Mis entrañas se enfriaron, y cuanto más cerca estaba de ella, más se enfriaban. Qué estúpido cabrón celoso había sido, no lo podía creer. Tal vez Margaret estaba enferma; tal vez había estado enferma todo ese tiempo y simplemente no me lo quería contar. No quería preocuparme. ¡Dios mío, tal vez tenía cáncer! Debí perseverar en mi propósito de encontrar la cura. A lo mejor de eso se trataba todo: Margaret tiene alguna enfermedad poco común, pero trabajamos juntos y gracias a esos días que se repiten tenemos todo el tiempo que necesitamos y finalmente damos con una cura para la enfermedad y la salvamos y se enamora de mí...

Pero no, ésa no era esta historia. Esta historia era de otro tipo.

Esperé hasta que entró al hospital, me estacioné y la seguí.

Sí, sí, ya sé que estaba siendo un maldito entrometido, pero no podía detenerme.

Por favor, que no esté enferma, pensaba. *No tiene que hablarme, puede no hacerme ningún caso por el resto de la eternidad, pero que no esté enferma.*

El vestíbulo estaba en silencio y tenía un aire formal. No se veía a Margaret por ningún lado. Leí los letreros junto al elevador: Radiología, Cirugía, Partos, Ortopedia, Traumatología... Después de semanas de intemporalidad, era raro estar en ese lugar, adonde va a parar tanto del daño y la destrucción provocados por el tiempo. No hay nada menos intemporal que un hospital.

Probé en todos lados. Finalmente, la encontré en Cancerología.

No le hablé, sólo observé. Estaba sentada en una banca, con la rodilla pegada a la de una mujer en silla de ruedas que era demasiado joven para verse tan vieja. Calva y sumamente delgada, estaba desplomada en una esquina de la silla como un vestido vacío, con la cabeza inclinada. Margaret estaba inclinada hacia delante y le hablaba con suavidad, aunque yo no podía darme cuenta de si la mujer estaba despierta o no, con sus dos grises y finas manos entre las de Margaret, jóvenes y vitales.

No era Margaret, era su madre, y no estaba en un viaje de trabajo: estaba muriendo.

Regresé a casa manejando despacio. Sabía que no debía haber seguido a Margaret al hospital, que no era asunto mío y no tenía por qué inmiscuirme en su tragedia privada, pero al menos ahora entendía.

Todo había cobrado sentido: por qué Margaret siempre tenía otro lugar donde estar. Por qué estaba tan distraída. Por qué no quería escapar del bucle temporal. El bucle temporal era la única razón por la que su madre seguía viva.

Seguía sin entender por qué Margaret lo había guardado en secreto, pero no importaba. Esto no se trataba de mí. Pensaba que era el héroe de esa historia, o al menos el segundo personaje en importancia, pero no lo era ni de lejos. Mi papel era muy secundario. Yo cantaba en el coro.

No sabía qué hacer, así que me detuve en el centro a comprar un mapa, volví a casa y lo llené. Revisé los instantes perfectos para ver qué quedaba. Demasiado tarde para PELOTA REBOTANDO (09:44:56). Demasiado tarde para OBRA EN CONSTRUCCIÓN (10:10:34). Aún a tiempo para PUERTA GIRATORIA (17:34:19) y para la vieja conocida ESTRELLA FUGAZ (21:17:01).

Me di cuenta de que hacía mucho tiempo que no presenciaba un nuevo instante perfecto. En algún momento, había dejado de buscarlos. Ya no estaba súper vivo. Había dejado de vivir en el ahora; había vuelto a quedarme atrás, a lo de antes.

Pero ¿qué sentido tenía? De repente, todo parecía un poco tonto. Instantes perfectos, ¿qué significaba eso? Eran puros golpes de suerte, coincidencias, anomalías estadísticas. Googleé un poco y resultó que alguien ya se había tomado la molestia de hacer las cuentas: un matemático de la Universidad de Cambridge de nombre John Littlewood (1885-1977; gracias, Wikipedia). Él planteó que si defines un milagro como algo que tiene una probabilidad de uno en un millón, y pones atención al mundo a tu alrededor ocho horas cada día, y ocurren cosas a tu alrededor a un ritmo de una por segundo, observarás cerca de treinta mil cosas cada día, lo cual significa alrededor de un millón de cosas al mes.

Así, en promedio, debes presenciar un milagro al mes (o cada treinta y tres días y un tercio, para ser exactos). Se llama la ley de Littlewood.

Entonces ahí lo tienes, un milagro al mes. Ni siquiera son tan especiales. De todas formas, me quedé viendo el mapa, prestando particular atención a los instantes que Margaret había encontrado... así es el amor. Y yo sí la amaba. Ayudaba mucho entender por qué ella no podía amarme, no ahora, tal vez nunca, pero no voy a fingir que no me dolía.

Los instantes perfectos estaban distribuidos de un modo sorprendentemente parejo. Había menos de noche, porque no pasaba nada y, de todas formas, no estábamos fijándonos, pero el resto del día era uniforme. No había más que una zona vacía en el horario, hacia el amanecer: un sitio vacío donde estadísticamente se habría esperado un instante perfecto, pero nunca lo encontramos.

Cuanto más me quedaba viendo el mapa, más parecía como si hubiera en él una regularidad. Jugué a algo conmigo mismo: hacer como si todos los puntos del mapa fueran estrellas de una constelación. ¿Cómo se veía? Mira, nadie debería tener que disculparse por hacer cosas estúpidas cuando la persona a la que ama se ha ido de su vida y ahora tiene mucho tiempo a su disposición... y yo de tiempo, tenía una eternidad. Bosquejé unas líneas entre ellos. A lo mejor podía trazar... ¿qué? ¿Su nombre? ¿Su rostro? ¿Nuestras iniciales entrelazadas en un hermoso y romántico nudo de amor?

No. Cuando conecté todos los puntos se veían así:

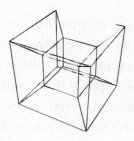

Pero no exactamente igual. Faltaba un punto en la esquina inferior izquierda.

Me le quedé viendo y se me ocurrió algo divertido: ¿y si el mapa pudiera usarse no sólo para recordar cuándo y dónde ocurrieron instantes perfectos, sino para predecir dónde y cuándo iban a ocurrir? Era una idea estúpida, terrible, pero de todas formas lo bosquejé con una regla. El punto faltante estaba justo encima de la colina Blue Nun, que daba la casualidad de que yo conocía bien, porque en invierno era ideal para deslizarse en trineo, algo que a ese paso nunca volvería a ocurrir. Definitivamente, algo debía estar pasando ahí, y a juzgar por el resto del horario, debía pasar cerca del amanecer.

Como yo bien sabía, el 4 de agosto el sol salía a las 5:39 a.m. Esperé hasta que el tiempo se volviera loco a la medianoche, puse mi alarma a las cinco para despertar a tiempo para el último instante perfecto de todos.

Fui en auto a la colina Blue Nun en la cálida oscuridad del verano. Las calles estaban desiertas, los faroles aún encendidos, las casas llenas de gente durmiendo y descansando para despertar llenos de entusiasmo, listos para pasar otro día como sonámbulos. Seguía siendo de noche, aún no había ni un toque de azul en el horizonte. Me estacioné al pie de la colina.

No era el único despierto. También estaba ahí estacionada una camioneta plateada.

Nunca he visto a un infante de marina ni a ningún miembro de las fuerzas armadas subir una colina, pero créeme si te digo que estoy seguro de haber subido esa colina como un infante de marina. En la cima había una gran roca que un glaciar que pasaba por ahí dejó caer casualmente hace diez mil años, en la Edad de Hielo, y Margaret estaba sentada en ella, con las rodillas pegadas a su barbilla, mirando la ciudad oscurecida.

Me oyó acercarme porque estaba jadeando de manera nada apropiada para un infante de marina después de haber subido la colina corriendo.

—Hola, Mark —dijo.

—Margaret —dije cuando por fin pude más o menos hablar—. Hola. Qué gusto. Verte.

—También a mí me da gusto verte.

—¿Me puedo sentar contigo?

Dio unos golpecitos a la roca a su lado. Yo me impulsé para llegar allí. La colina miraba al oriente y el horizonte ahora brillaba con un intenso azul oscuro. Estuvimos un rato sin hablar, pero no fue incómodo. Solamente estábamos preparándonos para hablar, eso era todo.

—Lamento haber desaparecido así —dijo.

—Está bien —respondí—. Tienes permitido desaparecer.

—No, debo explicarte.

—No tienes que hacerlo.

—Pero quiero hacerlo.

—Está bien. Pero antes, tengo algo que confesar.

Le conté que la había seguido al hospital y que la había espiado cuando estaba con su madre. Sonó aún peor cuando lo dije en voz alta.

—Oh —se quedó pensando—. No, ya entiendo. Probablemente yo habría hecho lo mismo, aunque es un poco espeluznante.

—Lo sé. Incluso en el momento lo sentí así, pero no pude detenerme. Oye, lo siento muchísimo. Lo de tu mamá.

—Está bien.

Pero esa última palabra se le atragantó, su rostro se arrugó, y apoyó la frente en las rodillas. Sus hombros temblaban en silencio. Le acaricié la espalda. Deseé más que nada poder gastar todos mis milagros mensuales de uno en un millón al mismo tiempo, para siempre, y ahuyentar su tristeza. Pero así no funcionan las cosas.

—Margaret, cuánto lo siento, cuánto lo siento.

Los pájaros ahora gorjeaban con júbilo a nuestro alrededor, sin ningún tacto. Ella afanosamente se secó las lágrimas con el dorso de la muñeca.

—Hay algo más que tengo que explicar —dijo—. Un día antes de que todo esto empezara, fui a ver a mi madre al hospital y los doctores me dijeron que iban a detener el tratamiento. No tenía ningún caso...

Esa última palabra salió con un gemido y la tristeza volvió a sofocarla, así que no pudo proseguir. Le pasé el brazo por los hombros y ella sollozó en mi cuello. Aspiré el aroma de su cabello. Se sentía demasiado frágil, demasiado preciosa para tener todo ese dolor dentro. Lo había tenido todo ese tiempo, ella sola. Quería poder quitárselo, pero sabía que no podía. Era su dolor. Sólo ella podía cargar con él.

—Cuando me fui a dormir esa noche, lo único que podía pensar es que no estaba lista —tragó saliva. Sus ojos seguían rojos, pero ya se habían secado, y su voz era firme—. No estaba lista para soltar. Apenas tengo dieciséis años, no estaba lista para no tener mamá. La necesitaba muchísimo.

"Esa noche, cuando me fui a la cama, no podía dejar de pensar en que el día siguiente no debía llegar. El tiempo no puede continuar. Voy a jalar el freno de emergencia del tiempo. Hasta lo dije en voz alta: 'Mañana no puede llegar'.

"Y cuando desperté, era cierto. Era el mismo día otra vez. El tiempo se había detenido para mí. No sé por qué; supongo que no tuvo el corazón para continuar. Alguien en algún lugar decidió que yo necesitaba más tiempo con ella. Por eso me salí corriendo del avión a Tokio. Tenía miedo de que funcionara, y no estaba lista."

Nos quedamos un largo rato en silencio después de eso, mientras yo pensaba sobre el amor que albergaba Margaret: cuánto debía tener que ni siquiera el tiempo podía hacerle frente. No había seres cuatridimensionales: era el corazón de Margaret, eso era todo. Era tan fuerte que doblaba el espacio-tiempo a su alrededor.

—Pero yo sabía que había gato encerrado, siempre lo supe. La trampa era que si yo me enamoraba, acabaría. El tiempo volvería a avanzar, como siempre lo hace, y se llevaría a mi mamá con él. No sé cómo, pero sabía que ése era el trato. Cuando pudiera enamorarme de alguien, sabría que había llegado el momento de despedirme de ella en verdad.

"Creo que por eso estás aquí: para que yo me enamore de ti. Por eso te quedaste atrapado en esto. Lo supe en cuanto te vi."

El sol estaba a punto de salir, el cielo estaba poniéndose brillante, y era como si yo también pudiera sentir un sol saliendo en mi interior, brillante y tibio, llenando de amor todo mi ser.

Porque Margaret sí me amaba. Y al mismo tiempo, yo estaba llorando: la tristeza no se había ido, en lo más mínimo. Estaba contento y triste a la vez. Pensé en lo que es el tiempo, cómo segundo a segundo nos rompemos, perdemos momentos a cada rato, dejamos que se escapen como un animal de peluche pierde el relleno, hasta que un día ya nada queda y lo perdemos todo, para siempre. Y luego, a la par, estamos ganando segundos, momento a momento. Cada uno es un don, hasta que al final de nuestra vida estamos sentados sobre una abundante reserva de momentos. Una abundancia inimaginable. El tiempo era esas dos cosas simultáneamente.

Tomé las manos de Margaret entre las mías.

—¿Ya es hora? ¿Hoy es el último día?

Asintió solemnemente con la cabeza.

—Es el último. El último 4 de agosto. Bueno, hasta el año que entra —otra vez se le escurrían las lágrimas, pero sonrió en medio del llanto—. Estoy lista. Ya es hora.

El sol resquebrajó el filo del mundo y empezó a salir.

—¿Sabes qué es chistoso? —dijo—. Sigo esperando que pase. Ya sabes, el instante perfecto, el último. Tal como tendría que ser según el mapa. Pero a lo mejor nos lo perdimos mientras hablábamos.

—No creo que nos lo hayamos perdido.

La besé. Puedes pasar la vida esperando, observando, a la caza de instantes perfectos, pero a veces tienes que hacer que ocurran.

Después de algunos segundos, los mejores segundos de mi vida hasta ahora, Margaret se apartó.

—Espera —dijo—, no creo que haya sido ése.

—¿No?

—No era perfecto. Yo tenía un cabello en la boca.

Se echó la cabellera a un lado.

—Está bien, vuelve a besarme.

Lo hice. Y esta vez, sí fue perfecto.

NOTA DEL AUTOR

Hay una escena en *Al filo del mañana,* ese *thriller* de ciencia ficción altamente conceptual sobre un bucle temporal protagonizado por Tom Cruise y Emily Blunt, en el que el personaje de Cruise y el de Blunt se abren camino entre cantidad de ejércitos de extraterrestres, tienen una escena de persecución en una miniván y finalmente llegan a una tranquila granja decorada con muy buen gusto que, por alguna razón, tiene un helicóptero cubierto con una lona en el jardín trasero (pueden imaginarse las reseñas de Airbnb).

Blunt, y también el público, piensa que es la primera vez que están en esa bonita granja, pero Cruise sabe que en realidad han estado ahí muchísimas veces, y sabe además que la escena siempre termina igual, con sus muertes a manos (y a dientes puntiagudos) de todavía más extraterrestres. La escena no tiene sentido: ¿por qué Cruise sigue llevándolos de vuelta a esa granja de la muerte, si sabe que los van a matar? Con todo, sigue pareciéndome increíblemente conmovedora: que Cruise sepa lo que ha pasado y lo que va a pasar, que trate de fingir que no lo sabe y sepa que tiene que decírselo a ella, y que decírselo no cambia nada...

También se sentía como algo extrañamente conocido, aunque nada ni remotamente parecido me ha pasado jamás (que yo sepa..., porque siempre cabe la posibilidad de que también esté atrapado en un bucle de tiempo).

Me resultaba tan conmovedor, y tan extrañamente reconocible, que me hizo querer escribir una historia de bucles del tiempo. Así, pues, fui y escribí un cuento llamado "El mapa de los instantes perfectos".

Nada ni remotamente como eso pasa en "El mapa de los instantes perfectos", pero tiene un bucle temporal y, espero, algo de esa especial sensación melancólica que traen consigo todas las buenas historias de bucles temporales. En la realidad, no existen los bucles temporales, a menos que haya algo de la física teórica que esté yo malinterpretando seriamente, lo cual reconozco que es posible, pero tienen algo que me hace percibirlos como muy reales. Siento que cometo justo el mismo error dos veces, que siempre soy al que le toca limpiar la arena del gato. Siempre hago ese maldito tiro que termina en la red, me bajo en la misma parada del metro todos los días sin variar, y así sucesivamente. (Historia de la vida real: antes de ser escritor de tiempo completo, por quince años tuve el mismo trabajo, en el mismo edificio, en la misma parada del metro. Un día iba camino al trabajo y estaban poniendo nuevos letreros en el metro; los viejos letreros estaban por ahí, y yo tan campante me robé uno: lo metí en mi portafolios y seguí caminando. Lo tengo colgado en la pared para recordarme que debo seguir escribiendo si no quiero tener que regresar a ese trabajo algún día.)

A veces, esos momentos de repetición son horribles, porque si haces algo demasiadas veces, se vuelve cada vez más insignificante e insoportable: eres como Sísifo cambiando la arena del gato. Pero a veces funciona al revés: esos momentos se vuelven especiales porque te permiten verte de una manera especial. Tu yo del presente puede echar un buen vistazo a ese yo del pasado que eras la última vez que sucedió eso mismo, y piensas sobre cuánto has cambiado tú y cuán poquito ha cambiado el mundo.

Tengo que dejar claro que no escribí "El mapa de los instantes perfectos" así sin más. No soy de esos autores a los que las cosas les salen bien al primer intento... o al segundo o al vigésimo. Mi primer intento ni siquiera era un relato: era una idea de guion de televisión fallida (título provisional: "Otra vez"). En el programa, un montón de personas quedarían atrapadas en un bucle temporal y tratarían de averiguar cómo había empezado, lo que los llevaría a descubrir una compleja conspiración internacional que luego tendrían que desenmarañar y derrotar. Una de esas personas iba a ser una mujer que estaba cumpliendo una cadena perpetua en la cárcel y se escapaba todos los días, para acabar a la mañana siguiente donde había empezado. También habría un policía que esclarecía crímenes que al día siguiente estarían nuevamente sin resolver... y así sucesivamente. Sigo pensando que es una buena idea.

Pero nadie más pensó eso, y a la idea le fue particularmente mal entre un sector demográfico muy importante, a saber, los ejecutivos de cadenas de televisión. No sabes lo que es una desilusión hasta haber visto tu idea de programa televisivo morir en una sala de juntas de HBO. Después de un tiempo, terminé tan cansado de tratar de explicarlo y no lograrlo que pensé que mejor debía convertirlo en un relato corto, por si acaso me salía mejor que las ideas de programa de televisión. Pensé que aquello debía tener una historia de amor en algún lugar. La escritora Stephanie Perkins estaba preparando una antología para jóvenes, así que convertí en adolescentes a los personajes. Luego me interesé más en la historia de amor que en la compleja conspiración internacional. Y fue así como llegamos a "El mapa de los instantes perfectos".

Se ubica en Lexington, Massachusetts, que es la ciudad donde crecí. Lexington misma está atrapada en su particular clase de bucle temporal: fue donde ocurrió la primera batalla de la Guerra de Independencia, en 1775, y desde entonces no ha pasado casi nada, así que grandes áreas se conservan intactas desde la era colonial, y de hecho la batalla que la hizo famosa (y que perdimos) se recrea ahí con frecuencia. El relato pretendía evocar días de verano como muchos que viví en la adolescencia, cuando tenía tan poco que hacer que llegaba a extremos procurando divertirme. Como Mark, andaba mucho en bicicleta y jugaba muchos videojuegos, era malo para la patineta y me enamoraba de gente imposible. La alberca Paint Rock es un lugar real —puedes googlearlo—, igual que la biblioteca donde Mark pasa el tiempo y lee la *Guía del autoestopista galáctico*. Yo pasaba el tiempo en esos dos lugares, y me aburría.

Eso sí, nunca conocí a Margaret. Tristemente, es del todo ficticia.

Pero, como Mark, estaba absorto en el alegre narcisismo en el que consiste gran parte de ser adolescente, sobre todo un muchacho adolescente, y en el que nunca se te ocurre que la realidad sea algo más que un desfile escenificado para tu personal entretenimiento. Las vidas interiores de otras personas no te parecen tan reales como deberían. Pero entonces Mark conoce a Margaret y se enamora, tanto que se ve arrancado de un tirón de su trance narcisista y por primera vez se da cuenta de que el mundo es mucho más que una interminable colección de *gags*. Es un lugar lleno de belleza y de gente con sentimientos tan reales e importantes como los suyos.

Margaret no es ninguna narcisista. En ese sentido, ella empieza su historia en un lugar más evolucionado que el de Mark. Pero está igual de estancada, y la trampa en la que ella cae es aún más fuerte que la de él. Está atrapada en un bucle que ella misma creó, porque está perdiendo algo, y eso que está perdiendo parece una parte tan integral de sí misma que no sobreviviría a la separación. Dejará de existir, literalmente. El dolor será demasiado.

Nadie pensaría en Mark como un guía espiritual ni como un *manic pixie dream boy*, pero al emerger de su aturdimiento narcisista alcanza a comprender algo verdadero y puede ayudar a que también Margaret lo comprenda: la idea de que la pérdida y el cambio no son opcionales. Son parte del tiempo, y sin ellos la vida y el amor son imposibles. El tiempo es un desastre que no deja supervivientes; el amor es nuestro patético y heroico intento humano de compensarlo. Lo que en realidad quise hacer fue contar una historia como *El día de la marmota*, pero con algo diferente en el fondo. No un holgazán inmaduro que se autorrealiza hasta que logra comunicarse románticamente con otro ser humano... o sí, eso, pero no sólo eso. Quería añadir algo real y triste, que apuntara a lo que sea que el tiempo nos hace, dándonos y quitándonos a la vez en este extraño y trágico trato que nunca tenemos oportunidad de rechazar. Salvo que... ¿y si la tuviéramos?

Curiosamente, a la gente no parecía costarle mucho trabajo entender la versión de la idea en forma de cuento. Por lo general, tengo que suplicarle a la gente de Hollywood que me escuche, pero con *El mapa de los instantes perfectos* ocurrió que Hollywood llegó a tocar a mi puerta. De repente, directores de cine de los que había oído hablar estaban llamándome a la hora de la cena.

En ese entonces tenía muchas ganas de escribir guiones. Llevaba como veinticinco años publicando novelas y artículos para revistas, y estaba listo para probar algo nuevo. Puse como condición, pues, que quien comprara los derechos del cuento tenía que dejarme escribir el guion. Eso resolvió el problema de que la gente me llamara mientras estaba cenando, y de hecho en cualquier otro momento: nadie quería tener que enseñarme cómo escribir una película, lo cual es comprensible, y pensé que se me había ido la mano, pero hubo un productor al que mi condición no ahuyentó.

Era Akiva Goldsman, productor que también es guionista: ganó el Oscar por mejor guion adaptado con *Una mente brillante*. Volé a Los Ángeles, donde Akiva y su gente me introdujeron en la práctica universal de

Hollywood de escribir partes de una historia en fichas y ordenarlas en la pared hasta que tuvieran sentido. Hicimos mucho de eso (lo que verdad me impresionó no fue tanto lo bien que eso funcionaba, sino el hecho de que tuvieran un asistente que les hiciera las fichas). Después de aproximadamente seis meses de ordenar fichas, Akiva nos puso en contacto con FilmNation, la compañía productora que hizo *Por eso lo llaman amor* y *El discurso del rey*, y de un día para otro ya estábamos trabajando. ¡Hora de hacer una película!

Pero antes, tenía que dejar de ordenar fichas y escribir el guion mismo. Pensaba que convertir mi historia en película consistiría sobre todo en cortar y pegar el diálogo en una plantilla de guion, y luego quizá dar cuerpo a algunas de las partes lentas metiendo montajes musicales, así como dar con un título más corto. Pero, por supuesto, resultó ser mucho más que eso.

Parte del problema era que en la película, a diferencia del cuento, no podía simplemente decirle al público qué pensaba y sentía Mark. Los productores no me dejarían ponerle una voz en *off* o hacer que Mark le hablara directamente a la pantalla, al estilo Ferris Bueller, así que mi solución fue darle a Mark un amigo llamado Henry, con quien podía hablar mientras jugaban a un videojuego inventado llamado *War Fight!* (los videojuegos son útiles metáforas de los bucles temporales, como sabe cualquiera que alguna vez haya estado atascado en un nivel). Pero, por supuesto, como Mark es un muchacho adolescente, *de ninguna manera* explicaría sus pensamientos y sentimientos, ni a Henry ni a nadie más, porque los muchachos adolescentes no hacen eso. Resulta que el arte de escribir películas, en contraste con escribir cuentos, se trata de ordenar las cosas para que el público pueda *inferir* qué pasa en la cabeza de los personajes a partir de cómo hablan. Se dice fácil...

También necesitábamos más historia, pues no había suficiente para llenar una hora y cuarenta minutos. Lo trágico de todas las adaptaciones literarias es que las novelas tienen demasiada historia para una película y los cuentos, insuficiente. Además, la historia que teníamos estaba mal formada: en un cuento no pasa nada si revelas todo el misterio al final, cuando el relato ya terminó, pero en una película, la gente quiere que reveles el misterio cuando han transcurrido tres cuartas partes, y luego el resto de la historia se trata de la gente lidiando con las secuelas de la gran revelación. Así pues, tenían que pasar más cosas.

En ese momento, aún tenía la posibilidad de retirarme; nadie ha ido a la cárcel por no convertir su cuento en película. Pero la idea no me dejaba en paz: quería verlo en pantalla, quería ver al halcón atrapar al pez, quería ver el mapa. Las películas siempre han tenido un grandísimo poder sobre mí: las cintas de adolescentes, como *Negocios arriesgados* y *El club de los cinco*, tuvieron una enorme importancia en mi formación, e incluso ya de adulto alguna vez lloré tanto viendo una película en un avión (era *La reina*, con Helen Mirren) que prácticamente tuvieron que hacer un aterrizaje de emergencia. Mi deseo de escribir el guion no tenía que ver con el dinero (si se me permite el comentario de mal gusto, gano mucho más con los libros, y tal vez siempre sea así), sino con que las películas van a lugares adonde los libros no. Quería ver una historia mía ir a esos lugares.

Y conseguir que se haga una película tiene sus bemoles. Muchos astros tienen que alinearse. Ésa iba a ser probablemente mi única oportunidad de escribir una película de Hollywood y me parecía algo que valía la pena hacer antes de morir.

Entonces, ¿qué harías si fueras un muchacho adolescente atrapado en un bucle temporal, si supieras exactamente qué va a pasar y nada de lo que hicieras tuviera ninguna consecuencia... y que no lo hubiera hecho ya Bill Murray en *El día de la marmota* y no diera lugar a una clasificación restrictiva de la Motion Picture Association? Pasé meses de mi vida atormentando a mi cerebro con esta pregunta y se me ocurrieron muchas respuestas, la mayoría de las cuales no acabaron en la película. Por ejemplo, pensé en muchas maneras de humillar a los bravucones (esto se consideró un cliché). Pensé que debía haber una niñita que accidentalmente suelta un globo de helio, que luego Mark salva. Esto se quedó en el guion, pero resultaba muy difícil de filmar (de todas formas, en la película terminada se puede ver a la niña con el globo en el fondo). Pensé que Mark debía ir a una tienda de mascotas y comprar todos los pájaros para luego soltarlos. También me propuse que Mark atrapara a algún pokémon muy valioso y poco común en Pokémon GO, porque, reconozcámoslo, eso es lo que yo haría, pero ninguno de los productores de la película jugaba Pokémon GO.

En varios borradores del guion (y al final escribí como treinta), Mark se comía todos los dulces del mostrador de la tiendita y se enfermaba, y se tomaba todo el contenido de la licorera de sus padres y se volvía a enfermar. Iba al aeropuerto y se subía a la banda transportadora del equipaje. Dominaba un juego de póquer porque conocía de antemano las manos de todos (esto, si lo piensas, en realidad no funcionaría, pero parecía que *debía* funcionar). Se subía al asta de una bandera, se tomaba una *selfie* en lo alto y lo detenían. Pasaba manejando sobre una barrera que podía arruinar los neumáticos sólo para ver qué pasaba (se arruinaban los neumáticos). Soltaba objetos valiosos desde la azotea de un edificio, al estilo de Letterman. Iba a un juego de beisbol y cachaba todas las pelotas de *home run* (en algunos borradores, arrastraba al juego a Margaret... y ella se aburría).

Ninguna de estas ideas logró llegar al guion final, pero hay suficientes para hacer varias películas más. Mark y Margaret se metían en un museo y tomaban cerveza sentados en el esqueleto de un *T. rex*. Vendían el auto de Margaret y usaban lo recaudado para sobornar al encargado de una pista de patinaje y que los dejara dar una vuelta en la pulidora de hielo. Varias veces trataban de llegar a las cataratas del Niágara, sin conseguirlo (y luego, cuando el día termina, finalmente lo logran: los primeros veintitantos borradores del guion terminaban con ellos besándose frente al estruendoso torrente). En una versión, el truco del avión sí funciona y Mark vuela a Tokio y come sushi y se escapa del bucle temporal sin Margaret. Luego descubre que Margaret no está en el futuro, así que tiene que regresar al bucle para poder salir juntos de él.

De todas las realidades alternativas que Mark y Margaret vivieron en estos borradores, a la que con más pesar renuncié fue quizá la escena en la que ven por azar a una celebridad. Yo quería a Sean Bean, sobre todo porque salió en una de mis películas favoritas de toda la vida, *Ronin*. Desgraciadamente, Bean no estaba disponible para una actuación especial en *El mapa de los instantes perfectos*. Tampoco ninguna otra celebridad. (En mi versión favorita, Sean Bean volvería en la última escena de la película con uniforme de bombero, como homenaje al difunto Sean Connery en *Bandidos del tiempo*.)

Las películas son mucho más específicas que los cuentos: en los cuentos puedes apuntar vagamente a las cosas, aludir a ellas de pasada y dejar que el lector rellene los detalles, pero en las películas el público tiene que verlas. Eso significaba que no podíamos mencionar los instantes perfectos sin más: teníamos que montar físicamente cada uno. Una de las inspiraciones para los instantes perfectos vino de una película, *Belleza americana*, en la que un personaje filma una bolsa de plástico que vuela con el viento; eso es todo, pero en cierto modo, cuando apunta su cámara a la bolsa, la escena se convierte en algo especial y maravilloso. Teníamos que encontrar ocho o diez momentos de bolsa de plástico como aquél... y ninguno podía incluir una bolsa de plástico.

Para inspirarme, pasé aproximadamente mil horas en Reddit y YouTube desplazándome por listas de "momentos de belleza en lo cotidiano", "la más increíble coincidencia que te haya pasado" o "la cosa más hermosa que jamás hayas visto" (también "hilarantes proezas caseras fallidas"). Hay imágenes reales de un momento en el que alguien tira una botella de agua desde un auto, una mujer se acerca a la botella y la patea, y ésta vuelve a entrar volando por la ventanilla del auto en movimiento. Karma instantáneo.

Pensaba que era lo bastante perfecto... pero nadie coincidió conmigo. También quería usar uno en el que un niño baja de un árbol dando un brinco y aterriza en una patineta que está arriba de un trampolín, pero la patineta se escapa de él disparada, vuela por el jardín y rompe un ventanal. ¡Hilarante proeza casera fallida! Pero nadie más pensó que fuera hilarante. (Y por si te da curiosidad cuáles son las cosas más hermosas que jamás haya visto la gente, te cuento que hay larguisísimos hilos de Reddit dedicados a esta cuestión, y noventa y cinco por ciento de las respuestas caen en una de las siguientes categorías: sus bebés recién nacidos, el rostro de su cónyuge el día de su boda y objetos aleatorios que vio bajo los efectos del LSD.)

Había previsto seis semanas para escribir el guion de *El mapa de los instantes perfectos*. En realidad, me tomó tres años. Muchísimas veces quise abandonarlo y cortar por lo sano, pero nunca conseguí soltarlo, a pesar de que la posibilidad de que algún día se convirtiera en película parecía cada vez más remota y mi confianza en mi incipiente carrera como guionista se acercaba asintóticamente a cero, y vi tanto *Feliz día de tu muerte* como *Feliz día de tu muerte 2* estrenarse y salir de la cartelera. Por mucho tiempo, Disney coqueteó con financiar *El mapa de los instantes perfectos,* lo que nos obligaba a sacar todas las maldiciones, además de la escena de la licorera, toda una subtrama en la que la madre de Mark tiene una aventura amorosa, y una escena sexual en la que Mark considera la profunda cuestión de si técnicamente volverá a ser virgen cuando el día se resetee. Disney finalmente declinó participar en la película (o, para ser más exactos, un día dejaron de tomar nuestras llamadas), y restituimos algunas de las maldiciones... pero no la licorera, la aventura amorosa ni la escena sexual.

En ese momento, Aaron Ryder, presidente de producción de FilmNation, y cuya confianza en este proyecto nunca se tambaleó (al menos, no frente a mí), decidió que ya estaban cansados de tantas vueltas y harían ellos mismos la película. Amazon se sumó y dijeron que la pondrían en Prime Video. De pronto, todo pareció muy posible. Aunque yo seguía en un estado de elevada ansiedad... de hecho, después de todo esto, incluso después de que se definieron el elenco y el personal y se vendió, nunca terminé de creer que se haría la película, hasta el primer día de filmación, cuando uno de los productores me mandó una *selfie* desde el *set*.

Yo quería que hicieran la película en Lexington, pero debido a la agenda de alguien, tuvo que filmarse en invierno, a pesar de ser una cinta muy de verano. Eso significaba ir a algún lugar cálido, que resultó ser Alabama, específicamente una encantadora y muy convincentemente lexingtoniana ciudad llamada Fairhope.

Todo mundo debería tener la experiencia de visitar el *set* en el que se está filmando una historia que haya escrito. No todo mundo lo hará, pero debería, porque no se parece a nada. Los cuentos por lo general se escriben en soledad, sin la garantía de que siquiera se publiquen algún día, y ni qué decir de que se conviertan en películas, y con la abrumadora sensación de que estás dedicándote a un pasatiempo inútil y antisocial. Imagínate pasar de ahí a un *set* de filmación, con cien personas trabajando juntas, riendo y bromeando. Hay comida gratis y toda una aldea de casas rodantes; en todos lados hay gente que construyó las cosas que tú describiste; otras personas, unas muy atractivas, están vestidas como tus personajes, y a todo mundo le da gusto verte. Es un sentimiento especial.

William Goldman (que escribió *Dos hombres y un destino*) una vez dijo que "el día más emocionante de tu vida es tu primer día en el *set* de una película, y el día más aburrido de tu vida es el segundo día". Y sé a lo que se refiere: un guionista no tiene nada que hacer en un *set*, así que nada más estás ahí parado estorbando, viendo tu teléfono e incomodando a los actores con esa expresión que dice que mentalmente estás cuestionando su entonación.

En una escena, Kyle Allen, que representa el papel de Mark, tiene que lanzar una botella de agua hacia una puerta que se está cerrando en ese mismo momento y tiene que quedar atrapada entre el marco y la puerta, para que ésta no se cierre del todo. Para escribirlo en el guion, a mí me bastó con un intento. Kyle para conseguirlo necesitó, como mínimo, sesenta tomas. Probablemente le dio una idea de cómo se sentiría estar atrapado en un bucle temporal.

Eso era aburrido. Pero también me pasaba a menudo que me encontraba deambulando por ahí sobrecogido y profundamente conmovido: ver la triste recámara de Margaret, verla a ella con Mark andar por la escuela en la bicicleta de él, ver a los dos caminando juntos por la calle. También tuve que filmar mi cameo en la cinta: soy el tipo de blazer beige a quien Mark salva de que le caiga excremento de pájaro. No necesitamos tantas tomas como Kyle con la botella de agua, pero casi. En la preparatoria estudié un poco de teatro y por lo tanto albergo la sospecha secreta de que podría haber sido estrella de cine, pero resultó que el solo hecho de que una cámara apunte hacia mí es suficiente para que pierda todo el control de mi rostro y de mis extremidades.

El rodaje terminó justo cuando el COVID-19 le puso freno al país. De hecho, el virus cerró el *set* unos días antes de lo previsto, y esas escenas de Mark y Margaret en el aeropuerto tuvieron que filmarse seis meses después del resto de la película. Pero a principios de noviembre, en ese angustioso intervalo entre Halloween y la elección presidencial de 2020, me encontraba viendo la película de *El mapa de los instantes perfectos*.

Y no era perfecta. Cuestioné mentalmente algunas entonaciones. El elenco podría haber sido más diverso. No salía Sean Bean, y Mark nunca salva el globo de la niñita.

Pero nada de eso importaba, porque en todos esos años de trabajo, todos esos borradores, las fichas, los errores de principiante, el ensayo y error, la inseguridad, la Walt Disney Company, el elenco, el coronavirus... al cabo de todo eso, las cosas frágiles que estaban en el meollo de la historia, de algún modo habían sobrevivido y salido completamente intactas del otro lado. Era como una de esas pequeñas mariposas que migran mil kilómetros pasando por ciudades, ríos y bosques, atravesando fronteras estatales y nacionales, para poner sus valiosos huevos.

El tiempo no perdona nada, todo muere, pero si hay algo que el tiempo está cerca de perdonar es el arte. Yo cambiaré, y el mundo cambiará, pero cada vez que veo *El mapa de los instantes perfectos* será exactamente el mismo. Siempre tendré ese momento, esa sensación que tantas ganas tenía de plasmar en el papel y luego en la pantalla, y esa verdad que puede o no estar ahí. No es un bucle temporal, no estoy atrapado en él, pero puedo volver a él cada vez que quiera. Y ahora, tú también puedes.

Esta obra se imprimió y encuadernó
en el mes de junio de 2021, en los talleres
de Impregráfica Digital, S.A. de C.V.
Av. Coyoacán 100-D, Col. Del Valle Norte,
C.P. 03103, Benito Juárez, Ciudad de México.